KB203644

꿈틀, 우화를 꿈꾸다

꿈틀, 우화를 꿈꾸다

—

초판 1쇄 2024년 10월 25일
지은이 윤현자
펴낸이 김영재
펴낸곳 책만드는집

—

주소 서울 마포구 양화로3길 99, 4층 (04022)
전화 3142-1585·6
팩스 336-8908
전자우편 chaekjip@naver.com
출판등록 1994년 1월 13일 제10-927호
ⓒ 윤현자, 2024

—

* 이 책은 충청북도, 충북문화재단의 후원을 받아 예술창작활동지원사업의 일환으로
  발간되었습니다.

—

ISBN 978-89-7944-882-5 (04810)
ISBN 978-89-7944-513-8 (세트)

한국의 단시조
038

꿈틀, 우화를 꿈꾸다

윤현자 시집

책만드는집

첫 시조「달개비꽃」을
발표한 지 꼭 삼십 년!

그간 여기저기 발표했던
작품들과

미처 내놓지 못하고
나만의 골방에 쟁여두었던

단시조
99편을 얼기설기 묶어

꿈틀, 우화를 꿈꾼다

고치 밖 세상을 향해!!

2024년 가을
윤현자

| 차례 |

2부

3부

4부

5부

1부

맥주 캔

그럴 줄 알았다니까
입 꽉 다물고 있다고

뼛속 가득 부글부글
끓는 울분 사그라들까

한순간
탁
터지고 만
쉰일곱 그 아지매

멸치

작다고 쫄지 마라
근본도 탓하지 마라

지느러미 다 닳도록
큰 바다를 누볐느니

감춰도
감출 수 없는
은빛 찬란한 등고선

에스프레소의 항변

속 뻔한 물타기는
이제, 쫌 고만해라

꼭, 혀끝에 닿아야만
이 맛 저 맛 알겠드나

척 보면 안다 아이가
물 탄 놈인지 아닌지

고라니

애당초 면류관은
꿈도 꾸지 않았어

왕관 무게 견뎌낼
배짱 아직 없지만

송곳니
천 번, 벼리면
각뿔 하나 빚을까

민달팽이 · 1

한생을 오롯이
육필로만 써 내려간

끈적이던 흔적마저
한낱 봄꿈이었다고

파지로
쌓인 시어들
희뿌여니 끌고 간다

민달팽이 · 2

집도 절도 없다고
다그치지 마시라

잠시라도 눌러앉아야
문패 하나 내다 걸지

길 잃은
삼포세대들
집도 절도 없이 떠돈다

.

세상 유감 · 1
– 로드킬

이 끝에서 저 끝으로
이 길 너머 저 길로

걸어가고 걸어왔을
굴곡진 길모퉁이

선명한
압화로 남은
저문 생이 떠돈다

세상 유감 · 3
- 코로나19

잔기침 몇 번으로
삽시간에 번져버린

시작도 끝도 모를
소문
꽃잎마다 내려앉아

백목련
처방도 없이
누렇게 지고 있다

양은주전자

평생을 돌아치다
성한 데 하나 없어도

때때로 고개 숙여
속엣것 다 내주고

마지막
한 모금까지
울컥울컥 쏟는 여자

공범을 찾습니다

애써 묻었다고
더 애써
잊었다고

긴 겨울 살처분에
눈도
귀도
막았지만

침출수
공범을 찾아
마을 길로 들어서다

새뱅이

누군들 이런 인생
살다 가고 싶겠냐고

등짝이 다 휘도록
뼈 빠지게 일한 죄밖에

씁쓸히
만지작대는
베이비부머 꼬리표

흰 꽃의 담론

조팝꽃과 이팝꽃을

구분도 못하면서

시린 봄을 어찌 알며

보릿고갤 논하냐고

흰머리

미국산수국

고봉밥을 올린다

납골당에서

개인정보 보호법에

통성명도 쉽지 않은

베일 싸인 골목을 돌아

종착역에 다다른 날

비로소

문패를 달고

수인사를 나눈다

메뚜기

숨죽여 기다리며

이날을 예비했다

잡지 마라, 가늠도 마라

어디로 튈지 모른다

이 짧은

순간만이라도

산목숨이고 싶었느니

노선

청색이 아닙니다

적색도 아닙니다

섞어놓은 자줏빛은

더더욱 아닙니다

망초꽃

하얀 실소만

묵정밭 가득 사태 집니다

빨래집게

거꾸로 매달려서
온밤을 건너왔다

수시로 흔들리는 너
더는 볼 수가 없어

악물고
버티고 서서
콕콕 집어 타이른다

묵언수행

소리치지 않는다고
분노조차 없다더냐

끝없이 일어서는
촛불, 그 외침 뒤

한 무리
트랙터 군단
머리 박고 묵언수행 중

연필심

세상을 흔드는 건
촛불만이 아니다

가파른 절벽 같은
시간을 돌려 깎아

마지막
상소 한마디
꾹꾹 눌러 고한다

2부

파장 · 1

접어야 할 시간조차
정하지 않은 난전에서

주섬주섬 챙겨 드는
저녁놀빛 거나해

구겨진
지폐 몇 장이
저도 따라 붉었다

파장 · 2

언 땅을 후벼 파서
펼쳐놓은 냉이 한 줌

가는 발길 오던 눈길
주춤대다 끝내 남은

울 엄니
발 시린 하루
그냥, 떨이로 넘겨졌다

이모티콘

말로는 표현 못해
글로도 설명 못해

온밤을 끙끙 앓다
더는 숨길 수 없어

톡
톡
톡
날려 보낸다
홀씨보다 가볍게

숫돌

허옇게 여윈 가슴
움푹하게 파이도록

선을 넘지 말아라
날만 세우지 마라

아버지
간곡히 이른 말씀
오늘 다시 벼립니다

녹슬다

평생 바람 잘 날 없는
기둥뿌리 부여잡고

또다시
천둥 번개 몇
온몸으로 받아낸 뒤

뒤돌아
후드득 떨군
우리 엄니 붉은 눈물

수국

담 모퉁이 돌아가며
수국수국 피어나던

뜬소문에 맘을 찔려
그만 발걸음 멈춘

큰누이
흰머리 이고야
친정집을 찾으셨네

움찔하다

사립문 홱 열어젖힌
그해 겨울 된바람에

어머니는 죄도 없이
죄인인 양 움찔하고

지아비
이태 만에 맞는
문설주도 움찔하다

징검돌 · 1

물살, 거친 날은
더 낮게 엎드려서

묵묵히 소리 없이
등을 내준 아버지

오늘도
야윈 등짝을
내려놓고 계십니다

징검돌 · 2

참말로
징한 세상
팔자 도둑은 없어야

어머니 사설 같은
시린 기억 모퉁이를

무심코
건너뛰려다
가슴 한쪽 젖는다

경건한 인사

한 평 남짓 깊은 방에 부모님을 합장하고

그리운 세월 불러
술 한잔 따라 올릴 때

때맞춰
예를 갖추는
할미꽃 경건한 목례

고명

지겟다리 휘도록
나뭇짐 쟁여 지고

잰걸음 밭은걸음
걸음걸음 재촉하던

아버지
굽은 어깨에
무동 태운 진달래꽃

풍경

이 밤, 또 누군가
먼 길 떠나가나 보다

눈 감고도
아득한
三千대계 돌아갈 적

뎅그렁
별똥별 하나
흔들어놓고 가나 보다

바람

실낱같은 한 줄기로
탑을 무너뜨릴 수야

솔향기 한 줌으로
온 계곡을 적실 수야

무게도
질량도 없이
흔들리다 스미다

폴더

떠돌던 생각들이
손톱 끝으로 모이고

방황하던 눈물들은
주르륵 한길로 흘러

좁다란
샛강에 든다
물소리도 잠잠하다

라떼

적당한 거품으로
허한 속을 달래주고

한 모금 달달함이면
세상을 모두 품었지

오로지
나를 향해 돈
그런 때가 있었지

나무

사시사철 흔들려도
끝내 중심 잡아준 건

비대해진 가지도
깊은 뿌리도 아닌

오롯이
몸속에 새긴
예순두 줄 나이테

모소대나무

우찌 다 똑같것어?
제 깜냥껏 사는 거지

빠른 놈이 있으면
더딘 놈도 있는 겨

풀 죽어
돌아오는 길
푸르게 죽죽 일어선다

바지랑대

하루는 사랑을 걸고
또 하루는 미움을 걸고

어느 한쪽 기울지 않게
떠받치기 어려웠을

갈물 든
마음 한구석
장승으로 서있는 너

대한

꽝, 꽝, 꽝,
강물은
얼음 문을 닫아걸고

역풍에도 방패연은
더 높이 날아오른다

고치 속
게으른 하루
꿈틀, 우화를 꿈꾸다

넝쿨장미

가다가 돌아보고
돌아보다 눈물 훔친

담장을 타고 넘던
새빨간 풍문 몇 장

올해도
가시울 치고
속만 붉게 끓는다

3부

안개

더 이상
눈 뜨고는
보지 못할 세상이라고

차라리
이렇게라도
가려버리고 싶다고

겹겹이
눈물 두르고
창을 닫아거는 아침

조탁彫琢

쪼고,
다듬을 일
행간에만 있으랴

어긋나고 이지러진
거칠고 무딘 구석

화들짝
깨어나도록
정을 내려칠 일이다

사슴

나 이제 천년을 살아
청록으로 거듭나고

오백 년을 더 살아
백록이 된다면

실핏줄
한 오라기쯤
흰 피 돌지 않을까

톡, 놓쳐버린 시

한층
더
깊어진
물속을 들여다보다

톡, 놓쳐버린 문장 하나
끝내 소용돌이에 빠져

긴 머리
능수버들이
종일 근심스레 지켜보다

습작 일기
-내 울음은

느닷없이 가슴 치고 간
여우비는 아니라도

남몰래
훌쩍이는
보슬비이긴 더욱 싫어

시린 속
뜨겁게 여는
한낮 장대비이고 싶다

불면증

풀쑥풀쑥
자라나는
빠듯한 생각의 집

잘라내도 돋아나는
잡풀들만 무성해져

오늘 밤
풀벌레 소리
이슥도록 쌓이겠다

미안하고 미안하다

내게서
떠나버린
말들에게 미안하고

내게서
등을 돌린
눈길에게 미안하고

이
가을
내팽개쳐진
내 시에게도 미안하다

반송

어눌하고 물컹한

몇 구절 문장들이

미완의 시간들을

절룩이며 떠돌다가

말보다

아픈 눈으로

구겨진 채 돌아왔다

된서리

아무리 분칠을 해도
남루하고 오종종한

목소리 높일수록 이단교의 방언 같은

설익은
시편에 내린
촌철살인 매운 평

시인

겉멋만 핥아대다
감성만 조몰락대다

드디어 한 줄 건졌다고
키보드를 두들긴다

제 상처
곪아 터진 걸
까마득히 모르고…

짜리

품계도
격식도
지워버린 골목에서

그 여자 문득문득
몸값이 궁금하다

쉰아홉
껍데기만 남은
세월값이 더 궁금타

종장終章

길고 긴 여정 중에
단지 과정에 불과한

시름도 다 내려놓고
하늘 한번 올려보다

무릎
탁
내리치며 뱉는
짧은 언어 긴 여운

꼭, 고만큼만

대나무라고 다 같은
대나무인 줄 아느냐

모두 다 우후죽순 쑥쑥 크는 게 아니다

조릿대
가냘픈 마디
돌 고를 만큼만 자란다

이쯤 돼야

기꺼이 목숨 바쳐
지켜낼 사랑 아니면

함부로 말하지 마라
얄팍한 고백도 마라

남대천
연어쯤은 돼야
입에 담아볼 일이다

종손

아, 거기 너였구나
부모님도 가신 지 오래

고요만 수북하게 먼지처럼 떠다니는

텅
텅
빈
종가, 섬돌 아래서
찌르륵 우는 귀뚜라미

장항아리

입은
퍽
작아도
속은 꽤 깊고 넓어

오지랖은 또 어떻고!
팔도를 휘감고도 남을

그 여자
갑년의 봄을
헤벌쭉이 맞고 있다

멸치장국

한 평 바다도 없는
내륙의 한가운데

펄펄 끓는 오지뚝배기
멸치 한 줌 쏟아붓다

허기진
유년의 비린 맛
울컥울컥 우리다

헛바늘 박히다

내 그럴 줄 알았지
기어이 사달을 낸

참지 못해
쏟아낸
무수한 화살촉

저것 봐
부메랑으로
콕
콕
콕
와 박히잖아

퇴직

매일 시간에 쫓긴
색조화장을
안 해도

퇴근길
줄 간 스타킹
신경 쓰지 않아도

밀쳐둔
빨래 같은 문장
오래 치댈 수 있어 좋다

아, 실수

팔월도
땡볕 한낮
나뭇잎 끝
청
개
구
리

겁도 없이 속세로
폴짝
단숨에 내리뛴다

아뿔싸!
화염지옥인 줄
풍덩 빠지고야 알겠네

4부

목어

어느 골 어느 물을
거슬러 올라와서

끝내 눈뜬장님으로
구만리를 헤아리며

이·저승
경계가 어디더냐
천연덕스레 굽어본다

청양고추

그저,
개성도 없이
살다 갈 수는 없잖아

맵고 쏘는 성깔대로
눈물깨나 낸다지만

파시罷市장
좌판 위에 얹힌
덤이기는 더욱 싫어

오죽烏竹

뼈 마디마디
하얗게
비우고도 모자라

온몸 까매지도록
담금질을 해야 했어

빈
하늘
떠받치기가
녹록지만 않았어

못

너와 나
등 돌리고
삐걱삐걱 겉돌 때

정수리
내리꽂는
一針의, 그
한마디

惡緣도
또 다른 인연
붙박고서 살란다

근시

허구한 날
알뜰살뜰
제 둘레만 살피더니

습성으로 굳어버린
새장 안의 저 아집

때때로
환한 둥지 밖
날개 달고 볼 일이다

홍수洪水

기어이
탈이 난 거야
분수 모르고 채우다가

제 이름
석 자조차
낯이 선 이 연대에

먹을 것
안 먹을 것도
구분 못한 죗값으로

낙화, 그 아름다운 소멸

한 잎
매화 꽃잎으로
날려도 좋겠다

하늘하늘
봄바람에
온몸을 내맡기고

섬진강
어깨에 기대어
먼 길 떠나도 좋겠다

홍시

반쯤 남은
가을이
노을 끝에 달랑 걸려

남은 반쪽 더 빨갛게
물이 드는 저물녘

가만히
올려다보는
볼도 붉게 젖었다

폭설

온전히
갇히고 싶다
빗장 걸어 잠근 채

귀 막고 눈 감으면
오히려 환한 세상

끝없는
죄를 씻으려
하얀 종소리 쌓입니다

소문

네게만
살짝 귀띔한
귓속말이 그만 커져

온 동네 골목골목
사방팔방 팔랑대다

민들레
씨앗 퍼지듯
풀풀풀풀 날리다

숯

어쩌자고
자꾸만
물어물어 쌓는대요?

입 밖으로 뱉어내야
그게 꼭 사랑인가요?

겉과
속
죄다 검어도
붉게 타요 잉걸불

곤드레, 옮겨 심다

한평생
발붙이지 못해
데면데면 살다 간

업둥이 장씨 아재
어찌 알고 오셨는지

강원도
감자바위래요
엉거주춤 서있다

은사시나무

바람도 뜸한 오후
하릴없이 흔들리다

비루한 일상 너머
먼 하늘을 바라보는

지은 죄
하나 없이도
온몸으로 우는 사내

시월

뎅그렁 풍경 소리가
저 혼자서 깊어가고

늦은 보리수잎이
탑돌이 하는 마당

소풍 온
날다람쥐도
가만, 손을 모은다

이석증

흔들리지 말라고
비틀거리지 말라고

보이지 않는 곳에서
무던히도 잡아주다

아, 더는
못 참겠다고
툭, 손을 놓는 여자

구석

섣부른
위로보다

가만, 품고 기다려준

밝지도
어둡지도 않은

벽과 벽, 안쪽 같은

늦가을
굽이를 돌아
가부좌 튼 그 사내

여우비

코빼기만 잠깐, 들이밀다 갈 거면

아예, 오지나 말지
얄궂은 화상 같으니

꽃무릇
붉은 입술만
후드드득 적셔놓고…

휴식

빈 들녘 허수아비
제 할 일 다했다고

소매를 축 늘이고
하품만 해대는 오후

낮달도
그저 물끄러미
게으른 시간 줍고 있다

봄비 · 1

기척 없이 살짝 다가와 눈웃음만 짓고는

별일 아니라는 듯
손 흔들며 되돌아간

열여섯
댕기머리 계집애
톡
톡
톡
문 두드리고 있다

봄비 · 2

기별도
한 장 없이
봄비 오시는 날

새싹들
꼼지락꼼지락
마중 나오는 것 좀 봐

연초록
새 신 잘잘 끌며
서로 반기려 야단이야

5부

꽃양귀비 · 1

모양새
빠지게도
몇 날 며칠 수그리더니

그대, 오신다는
단문 문자 한 토막에

어쩌면
그리 요염하게
외로 꼬고 섰느냐

바위, 이끼옷을 입다

배냇저고리 한 장으로
세상 당당히 나왔어야

갈 땐 베옷 한 벌도
걸치지 않을 거여

묵묵히
돌아앉은 아버지
굽은 등이 푸르다

연잎 위 물방울같이

서로 스밀 수 없다면
젖지도 말아요

받아들일 수 없다면
깨뜨리지도 말아요

연잎 위
물방울같이
그냥 보듬다 놓아줘요

해바라기

머쓱한 키다리에
멀대 같은 그 머슴애

해종일 말도 못 걸고
뒤만 졸졸 따르더니

아닌 척
고개 돌리고
딴청 떨고 서있네

참나리꽃

멀뚱한 키다리에
판잣집 그 계집애

픽이나 놀려댔던
주근깨 깨북숭이

오늘도
골목 어귀에
쭈뼛쭈뼛 서있다

갈대

내 미처 몰랐었네
꽃인 줄도 몰랐네

쉰아홉 마른 둔덕 여한 없이 흔들리다

아득한
멀미로 남은
봉두난발 바람꽃

구절초

애당초
그랬던 게야
새침 떼고 있었지만

낭창낭창 가는 허리
때 없이 흔들어대다

머리칼
희끗희끗 세도록
항간에 떠돈
뭇
소문!

대나무꽃

나 이제
두렵지 않아
가슴
텅
텅
비었어도

죽음보다 깊은 열병
온몸으로 번졌어도

한
목숨
환히, 그대 향해
꽃피울 수 있다면…

수수밭을 지나며

그저, 질끈 동여맨
머리 단이 퍽 고왔던

유난히 숱이 많아
실바람에도 찰랑대던

가시나
이 가을 어디쯤서
흔들리고 있을까

갈대꽃

꽃이라 불러줌에
머리 조아려 감사하고

꽃이라
불러줌에
내가 아닌 우리가 된다

어깨에
어깨를 걸고
한 무더기로 일어서는…

코스모스

이름도
가물가물한
베레모가 썩 잘 어울리는

등굣길, 하굣길이
환해지던
긴
그
림
자

마흔넷
호젓한 길목
우연히도 널 만났구나

연가 · 1
－방사선실에서

숨길 거야
꼭꼭 숨길 거야
아무도 찾을 수 없게

알파선, 감마선
사정없이 조여와도

절대로
내주지 않을 거야
내 사랑을 지킬 거야

연가 · 2
－MRI 촬영대 앞에서

밝혀봐
한 점 숨김도 없이
밝혀내 봐

자기장 고주파로
제아무리 좁혀와도

마지막
내 심장에 박힌
붉은 화살촉 찾을 수 있나

연가 · 3
- 세레나데

일기장 말미에다
하루해를 접습니다

주름진
시간들은
곱게 펴서 개켜놓고

연분홍
사연 한 장을
그대 창에 띄웁니다

연가 · 4
－수수꽃다리

너는
두고 가더라도
네 향기
남겨둘 수 없어

저승 문전까지 안고 간
마지막
처용의 눈물

잔인한
사월 뜨락에
낭자하게 쏟는구나

이름 없는 꽃

이 세상 이름 없이
피는 꽃이 있던가

김씨,
이씨,
박씨,
최씨,
제각각 성만 가지고도

하얗게
뿌리를 내린
낮은 키 작은 꽃들

얼음꽃

핑그르르
도는 눈물
애써 참던 고 계집애

당산나무 아래서
손가락만 만지작대더니

기어이
터진 울음보
방울방울 맺혔구나

입동 무렵 나무는

오늘도
어김없이
비우는 연습 중이다

물색없는 갈잎부터
줏대 잃은 잔가지까지

깡그리
버리고 나면
오롯이 설까
둥
·
치
·
하
·
나

어느 새

어떻게 우느냐고

울긴 우는 거냐고

꼬치꼬치 캐물어도
모른 체하더니만

가랑비
소리 없이 오신 날
깜짝, 울음보 터진 비비추, 비비추

일몰

동짓날 저녁에는
하늘도 팥죽 쑤는지

펄펄 끓는 무쇠솥을
서녘으로 길게 걸어

새알심
똑
떼어 넣고는
침을 꼴깍 삼키네

꽝꽝나무

작달막한 키에
사시사철
바람에 맞서

덤빌 테면 덤벼봐
큰소리도 꽝꽝 치다

이름 뒤
꽝, 낙관 하나
찍고 가신 아버지

은은하게 번져가는 수일秀逸한 정형 미학

유성호 문학평론가·한양대학교 국문과 교수

1. 가장 짧고도 아름답게 빛나는 서정적 정수精髓

두루 알다시피 시조時調는 한국 유일의 정형 양식이다. 그 가운데서도 '단시조'는 꽉 짜인 형식을 통해 함축적 원리를 최대치로 구현해 가는 정형의 꽃이다. 특별히 그것은 말 그대로 '짧은 노래'라는 점에서 우리의 반복적 향수를 견뎌내면서 항구적 기억을 선사하곤 한다. 그만큼 단시조는 율독을 통해 정형성을 강하게 느끼게 해주는 전형적 사례로서, 우리는 그 안에서 서정시 특유의 언어경제학을 마음껏 경험하게 된다. 율격 측면에서는 정해진 제약을 감내하면서도 그 안에서 가장 근원적이고 순간적인 해석과 명명을 보여주는 단시조는 그 점에서 가장 첨예한 단형 서정시로서의 위의威儀를 견지하고 있는 셈이다. 선

험적 제약을 넘어서면서 서정시의 정점으로서의 양식적 위상을 단호하게 보여주는 것이다.

윤현자의 단시조집 『꿈틀, 우화를 꿈꾸다』는 올해로 등단 30년째를 맞은 중견 시인의 단정하고도 산뜻한 미학적 성과로 다가온다. 가장 짧고 확호確乎한 서정 양식으로서의 단시조는 그 자체로 독자들에게 친화력 있는 대화적 손길을 건네기에 알맞다. 물론 단시조에 부여된 원초적인 형식적 제약이 새로운 미학적 전율로 이어지려면 경험의 파문을 어떻게 만드는지가 관건이 될 것이다. 이때 윤현자 시인의 노력은 압축과 긴장의 미학에 대한 애착을 견고하게 지키면서도, 우리가 경험할 수 있는 짧고도 아름답게 빛나는 서정적 정수精髓로 끝없이 이어져 간다. 이제 그러한 경험의 파문 속으로 조심스레 한 걸음씩 들어가 보도록 하자.

2. 자연 사물에 대한 관찰과 묘사를 동반한 시편들

단시조 미학은 정형 양식 안에서도 서정의 구심적 본령을 지키면서 그것을 형식적으로 보편화하려는 의지를 끊임없이 구축해 왔다. 그리고 압축과 여백의 미를 주축으로 하는 흐름을 견지해 왔다. 두루 알다시피 단시조는 독자들에게 기억의 편의를 주면서 유력한 향수 대상이 되어주었다. 윤현자의 이번 단시조집은 이러한 전통을 더욱 세련화하고 첨예화한 결과로 우리에게 다가온다. 아닌 게 아니라 그의 단시조는 동일성에 바탕을 둔 '충만한 현재형'을 구상화하는 데 직접적 존재 근거를 두고 있다고 할 수 있다. 우리 시조시단이 거두어온 동일성 시학 가운데 귀한 결실로서 스스로 우뚝하다 할 것이다. 그것은 시인이 대상과의 동일성을 추구하는 모형을 통해 자신의 체험과 정서를 진솔하게 담아내고 있기 때문이다. 그만큼 시인은 세계와 자아 사이의 균열에 대해 증언하면서도, 그 가운데서 삶의 궁극적 완성을 추구하는 고전주의자라고 할 수 있을 것이다. 이러한 미학적 지향 가운데 가장 선명한 영상으로 등장하는 작품군群이 바로 자연 사물에 대한 관찰과 묘사를 동반한 시편들일 것이다. 다음 작품들을 먼저 읽어보자.

기별도
한 장 없이
봄비 오시는 날

새싹들
꼼지락꼼지락
마중 나오는 것 좀 봐

연초록
새 신 잘잘 끌며

서로 반기려 야단이야
  −「봄비 · 2」 전문

한 잎
매화 꽃잎으로
날려도 좋겠다

하늘하늘
봄바람에
온몸을 내맡기고

섬진강
어깨에 기대어
먼 길 떠나도 좋겠다
  −「낙화, 그 아름다운 소멸」 전문

시인은 기별도 없이 오시는 봄비를 바라보고 있다. 온 우주
의 새싹들도 꼼지락꼼지락하면서 봄비를 마중 나와 있다. "연
초록/ 새 신"을 끌면서 서로 반기려 야단인 생명의 움직임을 바
라보면서 시인은 가장 아름다운 서정적 동일성이 성취되는 순
간을 그려내고 있다. 그런가 하면 꽃잎이 떨어지는 순간 역시
우주적 순간성을 보여주기에 알맞다. 시인은 그 '아름다운 소

멸'의 과정에 스스로 "한 잎/ 매화 꽃잎으로/ 날려도" 좋겠다
고 소망해 본다. 봄바람에 온몸을 맡기고 어디론가 먼 길을 떠
나도 좋겠다는 의지가 "섬진강/ 어깨에 기대어"라는 구체적 장
소성을 동반하면서 실감을 더해주고 있다. 이처럼 비가 내리고
꽃이 떨어지는 봄날에 시인은 가장 아름다운 순간성의 시학을
완성하고 있다. 그 과정에서 "하얗게/ 뿌리를 내린/ 낮은 키 작
은 꽃들"(「이름 없는 꽃」)도 호명하고 "비루한 일상 너머/ 먼 하
늘을 바라보는"(「은사시나무」) 도약의 순간도 불러오는 것이다.
다음은 어떠한가.

반쯤 남은
가을이
노을 끝에 달랑 걸려

남은 반쪽 더 빨갛게
물이 드는 저물녘

가만히
올려다보는
볼도 붉게 젖었다
　-「홍시」 전문

온전히
갇히고 싶다
빗장 걸어 잠근 채

귀 막고 눈 감으면
오히려 환한 세상

끝없는
죄를 씻으려
하얀 종소리 쌓입니다
－「폭설」전문

    이번에는 가을과 겨울이다. 시인은 노을 끝에 걸린 반쯤 남은 가을과, 남은 반쪽인 홍시가 빨갛게 물드는 저녁, 그리고 그 풍경을 올려다보는 "볼도 붉게" 젖은 화자의 트라이앵글을 너무도 멋지게 그려냈다. '노을-홍시-화자'가 연결하는 붉은 색조의 결속이 가을을 온통 물들이고 있다. 또한 폭설이 내리는 곳에서 시인은 빗장 걸고 온전히 갇히고 싶다는 생각을 드러낸다. 감각을 닫으면 오히려 세상이 환해지고 끝없는 죄를 씻을 수도 있지 않겠는가. 그렇게 끝없이 쌓이는 눈발을 "하얀 종소리"로 은유하는 시인의 아름다운 시선이 담긴 작품이다. 이 또한 계절이라는 자연의 운행에 따라 시인의 감각적 촉수가 활달하게 움직인 절편絶篇들이 아닐 수 없다.

이처럼 윤현자의 단시조는 우리 주위에서 만날 수 있는 자연 사물에 대한 따뜻한 관찰과 표현을 통해 시인 자신의 예민하고도 탁월한 감각을 잘 보여준다. 그 점에서 시인이 선택하고 배열하는 언어는 시인이 열망하는 삶의 단면을 여실하게 보여준다. 이러한 시인의 언어는 지금 자신이 잃어버리고 살아가는 아름다운 원형에 대한 그리움에서 발원되는 것인데, 한 걸음 더 나아가 시인은 지상의 존재자들을 안아 들이면서 뭇 생명의 아름다움에 대한 가없는 소망을 은연중 내비치는 쪽으로 이월해 간다. 이 모든 과정이 시인 스스로에게는 중요한 성찰의 계기를 만들어내고, 독자들에게는 민활한 감각을 응축하고 비본질적인 언어 맥락을 배제하는 단형 서정의 정점을 경험하게끔 해준다. 그러한 절제된 언어를 통해 시인은 자신의 시적 의지를 출발시키고 있는 것이다.

3. 시 쓰기 자체에 대한 시인 스스로의 고백과 의지

단시조의 미학적 완결성은 오랫동안 압축과 여백을 중시해왔던 우리 시의 전통을 적극적으로 이어가는 태도를 반영한다. 가장 짧은 형식을 통해, 언어를 사용하면서도 언어의 명료성을 부정하려는 노력을 통해, 단시조 미학은 압축과 여백에 대한 집착을 견고하게 지켜왔던 것이다. 물론 이는, 언어 자체에 대한 불신이 아니라 언어가 과잉되는 것을 경계하려는 방법적 전략을 함의한다. 결국 우리는 언어 과잉을 경계하려는 행위가 이러한 단시조 미학을 통해 나타난다고 말할 수 있다. 윤현자의 단시조는 명료한 분별과 이성적 경계를 지우고 그 나머지는 여백으로 남기는 과정을 통해 고전적 사유와 서정적 표현을 훤칠하게 만들어낸다. 그러한 사유 방식이 시인으로 하여금 '시詩'를 향한, '시'에 대한, 시인으로서의 자의식으로 연결되고 있다. 그 사례들을 만나보자.

한생을 오롯이
육필로만 써 내려간

끈적이던 흔적마저
한낱 봄꿈이었다고

파지로
쌓인 시어들
희뿌여니 끌고 간다
－「민달팽이 · 1」 전문

쪼고,
다듬을 일

행간에만 있으랴

어긋나고 이지러진
거칠고 무딘 구석

화들짝
깨어나도록
정을 내려칠 일이다
−「조탁彫琢」 전문

시인은 '민달팽이'의 외관과 생태를 통해 "한생을 오롯이/ 육필로만 써 내려간" 누군가의 생애를 읽는다. "파지로/ 쌓인 시어들"을 끌고 가는 민달팽이의 모습에서 '육필'과 '파지'의 연쇄로 이루어진 어느 시인의 평생을 환기하고 있다. 그것은 어찌 보면 "한낱 봄꿈"일 수도 있지만 어쩌면 가장 간절한 누군가의 바람이기도 했을 것이다. 그 육필의 흔적을 우리는 '조탁彫琢'의 시간이라고도 부를 수 있을 것인데, 시인은 그렇게 "쪼고,/ 다듬을 일"이 행간에만 있지 않다면서 "어긋나고 이지러진/ 거칠고 무딘 구석"을 쪼고 다듬는 삶의 미학으로 나아가야 함을 역설한다. 이를 위하여 "깨어나도록/ 정을 내려칠 일"이야말로 시 쓰기의 또 다른 은유가 아니겠는가. 이처럼 윤현자 시인은 "어느 한쪽 기울지 않게/ 떠받치기 어려웠을"(「바지랑대」) 삶의 곡진한 마디들을 "정수리/ 내리꽂는/ 一針의, 그/ 한 마디"(「못」)로 조정하고 수습해 가는 시 쓰기를 메타적으로 사유하는 아름다운 시편들을 이번 시조집에 다수 실었다.

느닷없이 가슴 치고 간
여우비는 아니라도

남몰래
훌쩍이는
보슬비이긴 더욱 싫어

시린 속
뜨겁게 여는
한낮 장대비이고 싶다
－「습작 일기 - 내 울음은」전문

길고 긴 여정 중에
단지 과정에 불과한

시름도 다 내려놓고
하늘 한번 올려보다

무릎

탁

내리치며 뱉는

짧은 언어 긴 여운

　　－「종장終章」전문

　이번에도 '습작'과 '종장終章'이라는 시 쓰기의 은유들이 포
착되었다. 습작의 시간을 '내 울음'으로 표상한 시인은 자신의
시 쓰기가 "남몰래/ 훌쩍이는/ 보슬비"가 아니고 "느닷없이 가
슴 치고 간/ 여우비"이거나 가능하다면 "시린 속/ 뜨겁게 여는/
한낮 장대비"이고 싶다는 의지를 밝히고 있다. 여기서 보슬비-
여우비-장대비의 단계적 도약은 윤현자의 시 쓰기가 지향하
는 차원을 암시해 주는 형상이라 할 것이다. 그리고 윤현자는
시조시인답게 '종장'에 대한 비유를 통해 삶을 성찰하기도 한
다. '종장'이라면 시름도 내려놓고 하늘 한번 올려보는 순간에
"짧은 언어 긴 여운"으로 매듭짓는 바로 마디가 아닌가. 시인은
무릎을 내리치며 얻은 감동과 자각의 순간을 삶의 가장 성숙한
시간으로 비유하고 있는 것이다. 이를테면 "풀쑥풀쑥/ 자라나
는/ 빠듯한 생각의 집"(「불면증」)을 지어놓으면서 "섣부른/ 위로
보다// 가만, 품고 기다려준"(「구석」) 순간을 기록해 가는 자신
의 시 쓰기 과정을 겸허하게 사유해 본 것이다.

　결국 윤현자 시인은 '시' 자체에 대한 의식, 곧 궁극적 자아

탐구로 남으려 하고 심미적 축약을 사유하는 의식을 줄곧 보여준다. 말할 것도 없이, 시조를 포함한 서정 양식은 언어 자체에 대한 탐색에 무게중심을 현저하게 할애하는 언어예술이다. 그만큼 언어를 통해, 언어를 지나, '언어 이전'이나 '언어 이후'에 가닿으려는 불가피하고 불가능한 노력이 서정시의 본모습일 것이다. 윤현자 시인은 이러한 메타적 열정을 통해, 기호 하나에도 마음을 쓰고, 가장 귀한 몸과 마음과 영혼을 전해주는 시인의 직능을 이어간다. 우리는 윤현자의 단시조를 통해 이처럼 삶의 이치를 직관하고 해석하는 순간을 만나기도 하며, 시 쓰기 자체에 대한 시인 스스로의 고백과 의지를 만나기도 한다. 단시조 안에 소소한 인생 세목이 전부 담기는 것은 어렵지만, 윤현자 시인은 그 작은 그릇에 이러한 경험을 온전하게 담음으로써, 새로운 단계로 나아가려는 단단한 의지를 보여주고 있는 것이다.

4. 존재론적 기원의 울림을 담은 원형적 기억들

그다음으로 우리는 윤현자 시인이 수행하는 존재론적 기원 탐색의 순간을 엿볼 수 있다. 모든 기억은 어느 한순간을 감각적으로 재생시키는 운동이겠지만, 때로 시인의 기억은 스스로의 실존을 지탱해 가는 심연이자 원형으로 각인되는 특성을 보여주기도 한다. 그래서 그것은 살아온 날들에 대한 회감回感의 노래에 머무르지 않고 살아갈 날들의 지남指南이 되어주기도 한다. 윤현자 시인이 믿는 회감이자 지남의 원형은 존재론적 기원origin에 대한 기억에서 마련된다. 시인은 삶과 죽음, 말과 사물, 생성과 소멸의 경계를 통합하면서 자신이 수행해 가는 기억을 한 차원 높게 완성해 간다. 우리가 잘 알거니와, 서정시 안에 배열되는 사물들은 시인의 시간 의식에 따라 선택되고 배제되는 법이다. 윤현자 시인은 뭇 사물 안에 깃들인 오랜 시간을 통해 그것의 음영을 보여주려는 의지를 선호한다. 이때 중요해지는 것이 존재론적 기원을 상상하는 시인의 시선인데, 시인은 시간의 빛과 그림자를 발견하면서 그 뒤로 어른거리는 흔적을 언어로써 불러내게 된다. 다음 시편들을 읽어보자.

물살, 거친 날은
더 낮게 엎드려서

묵묵히 소리 없이
등을 내준 아버지

오늘도
야윈 등짝을
내려놓고 계십니다
―「징검돌 · 1」전문

참말로
징한 세상
팔자 도둑은 없어야

어머니 사설 같은
시린 기억 모퉁이를

무심코
건너뛰려다
가슴 한쪽 젖는다
 -「징검돌 · 2」전문

　이 연작 두 편은 '징검돌'이라는 사물이 '개울이나 물이 괸 곳
에 건널 수 있게 징검다리로 놓은 돌'이라는 점을 원용하고 있
다. 부모님으로부터 지금-여기까지 건너온 가계家系의 시간을
떠올리고 있는 것이다. 징검돌 한쪽에는 묵묵히 소리 없이 야
윈 등을 내주시던 아버지에 대한 기억이 있고, 다른 한쪽에는
사설처럼 남아계시는 어머니의 시린 모퉁이에 대한 기억이 있
다. 그분들의 등과 말의 힘으로 시인은 "물살, 거친 날"을 헤쳐
왔고 "무심코/ 건너뛰려다/ 가슴 한쪽 젖는" 순간을 맞고 있는
것이다. 이러한 기원에 대한 외경畏敬의 마음은 "아버지/ 간곡

히 이른 말씀"(「숫돌」)과 "뒤돌아/ 후드득 떨군/ 우리 엄니 붉은
눈물"(「녹슬다」)로 변형되어 지금도 시인의 눈시울을 젖게 해
준다.

지겟다리 휘도록
나뭇짐 쟁여 지고

잰걸음 밭은걸음
걸음걸음 재촉하던

아버지
굽은 어깨에
무동 태운 진달래꽃
  ―「고명」전문

한 평 남짓 깊은 방에 부모님을 합장하고

그리운 세월 불러
술 한잔 따라 올릴 때

때맞춰
예를 갖추는

할미꽃 경건한 목례

―「경건한 인사」전문

이어지는 형상 속에서 아버지는 지게에 나뭇짐을 쟁인 채 걸음을 재촉하시던 모습으로 계신다. 그 굽은 어깨에 "무동 태운 진달래꽃"이 바로 '고명'이었던 어린 딸이었을 것이다. 이제는 한 평 남짓한 방에 부모님을 합장하고 시인은 "그리운 세월 불러/ 술 한잔 따라" 올린다. 그 순간에 동참하면서 함께 "예를 갖추는/ 할미꽃"의 목례야말로 존재론적 기원에 대한 항구적인 경건의 인사였을 것이다. 그렇게 윤현자 시인의 부모님에 대한 회억의 과정은 우리에게 "선명한/ 압화"(「세상 유감 · 1 - 로드킬」)로 남을 것이다.

윤현자의 단시조는 소중한 기원 탐구 방식으로 착상되고 써진다. 물론 이러한 반추는 자기 응시와 표현을 통해서만 가능한 일이다. 또한 성찰의 깊이와 표현의 진정성이 통합될 때 읽는 이들의 공감도 넓어지게 마련이다. 윤현자의 단시조에서 우리는 그러한 공감 에너지가 시인 자신으로 하여금 본원적 지경地境으로 향하게끔 하는 것을 목도하게 된다. 그것은 시인의 성찰 에너지가 자신의 존재론적 기원이 가진 궁극적 의미를 암시적으로 드러내고 있기 때문이다. 그래서 한편으로 그것은 인생론적 깊이를 보여주면서, 다른 한편으로 시인 자신의 경험에 탄력을 주어 새로운 삶의 의미를 찾는 작업을 가능하게 하기도 한다. 이러한 사유와 감각은 삶의 경험적 구체에 인지적 충격을 가함으로써 우리로 하여금 반성적 시선을 가지게끔 한다는 데 그 의미가 있다. 이 모든 과정이 아버지와 어머니를 향한 울림을 담은 원형적 기억들에서 가능해지는 것이 아니겠는가.

5. 굳고 단아하고 물샐틈없는 의지로 가득한 인생 해석

우리는 단시조 안에 세세한 인생 세목을 다 담아낼 수 없음을 잘 알고 있다. 그것은 기본적으로 직관과 생략의 과정을 통해 시인 자신의 감각과 사유를 담은 단정한 세계일 것이기 때문이다. 아닌 게 아니라 단시조는 한결같이 심미적이고 응축적인 형식 속에 가장 정제된 마음의 현상학을 품으면서, 언어 과잉의 시대를 넘어 역설적 미래를 그려가고 있는 것이다. 우리는 단시조 미학을 통해 일상의 소소한 결로써 삶의 본질을 투시하는 과정에 동참하게 되고, 시인 자신은 사물의 존재 방식과 삶의 본질을 조회하면서 유추하는 작법을 일관되게 지향해 가게 된다. 결국 시인이 포착한 사물의 존재 방식은 자신의 삶의 원형으로 치환되고, 존재의 심층에 가라앉은 삶의 이치에 대해 깊은 사유를 가능케 해주는 과정으로 한껏 나아가기도 한다. 윤현자 단시조에 담긴 함축적 인생 해석의 진면목을 만나보도록 하자.

숨길 거야
꼭꼭 숨길 거야
아무도 찾을 수 없게

알파선, 감마선
사정없이 조여와도

절대로
내주지 않을 거야
내 사랑을 지킬 거야
　–「연가 · 1 – 방사선실에서」전문

꽝, 꽝, 꽝,
강물은
얼음 문을 닫아걸고

역풍에도 방패연은
더 높이 날아오른다

고치 속
게으른 하루
꿈틀, 우화를 꿈꾸다

-「대한」전문

　사랑의 노래인 '연가戀歌'는 아무도 찾을 수 없게 어떤 마음을 꼭꼭 숨기는 데서 시작된다. 그 마음에서 알파선, 감마선 사정없이 찾아와도 절대로 "내 사랑" 내주지 않고 지키겠다는 의지가 탄생한다. 부제副題가 '방사선실에서'이니 이는 단순한 연가에 멈추지 않고 생명에 대한 사랑이라는 원초적 의미망을 거느리게 된다. 이를테면 그 안에는 "저승 문전까지 안고 간/ 마지막/ 처용의 눈물"(「연가 · 4 - 수수꽃다리」)이 배어있는 것이다. 그런가 하면 시인은 '대한大寒' 절기를 맞아 힘찬 역설적 도약을 꿈꾼다. 비록 역풍이 불어도 방패연은 더 높이 날아오르듯이 "고치 속/ 게으른 하루"를 넘어 "꿈틀, 우화"를 소망해 본다. '우화羽化'를 통한 눈부신 비상의 꿈 안에는 "온몸 까매지도록/ 담금질을 해야"(「오죽烏竹」) 했던 인고의 시간과 "이 짧은// 순간만이라도// 산목숨이고"(「메뚜기」) 싶은 굳건한 의지가 함께 농울치고 있을 것이다. 윤현자 버전의 인생 해석이 빽빽한 서정적 온축 과정을 남김없이 보여주고 있는 것이다.

　　작다고 쫄지 마라
　　근본도 탓하지 마라

　　지느러미 다 닳도록

큰 바다를 누볐느니

감춰도
감출 수 없는
은빛 찬란한 등고선
　－「멸치」전문

접어야 할 시간조차
정하지 않은 난전에서

주섬주섬 챙겨 드는
저녁놀빛 거나해

구겨진
지폐 몇 장이
저도 따라 붉었다
　－「파장·1」전문

　'멸치'라는 친숙한 목숨을 바라보면서도 시인은 그 안에서
작다고 쫄지 않고 근본도 탓하지 않는 굳센 의지를 발견한다.
"지느러미 다 닳도록／ 큰 바다를" 누빈 세월이야말로 "감춰도／
감출 수 없는／ 은빛 찬란한 등고선"을 만들어주지 않았겠는가.

그런가 하면 "접어야 할 시간조차/ 정하지 않은 난전"의 파장罷場 시간에는 저녁놀빛의 붉은빛과 "구겨진/ 지폐 몇 장"이 저도 따라 붉어진 순간을 잡아챔으로써 "습성으로 굳어버린"(「근시」) 표현을 넘어서는 '시인 윤현자'의 모습을 약여하게 보여주고 있다.

그렇듯 시인은 다양한 사물의 존재 방식을 통해 삶의 비의秘義에 도달하려는 작법을 통해 이처럼 양도할 수 없는 유니크한 인생 해석의 면모를 보여준다. 그와 동시에, 사물 속에 편재한 소멸과 신생의 원리를 사유함으로써 살아가면서 느낄 법한 보편적 삶의 이치를 담아내는 데 남다른 적공積功을 들인다. 오랜 시간 쌓아온 삶의 연륜이 묻어나는 미더운 모습이 한결 선명하게 나타나는 순간이 아닐 수 없다. 우리는 삶에 밴 폐허와 불모의 기운을 치유하면서 새로운 역동성을 가능케 하는 서정시의 제일원리를 그의 시조를 통해 만나보게 되는 셈이다. 삶의 빛과 그늘을 동시에 투시하는 기억의 힘을 통해 그는 언어 생성을 통해 존재 생성이 이루어지는 과정을 남김없이 보여준다. 한결같이 굳고 단아하고 물샐틈없는 의지로 가득한 인생 해석의 형상이 거기 담겨있다 할 것이다.

6. 서정의 원적原籍으로서의 사유와 감각

이렇게 사물과 삶을 탐구하고 추적해 온 윤현자의 단시조 미

140

학은 궁극적으로 '나'로 표상되는 자아 성찰의 의지로 귀환한
다. 그 과정은 대체로 존재론적 결핍과 부재를 넘어서려는 그
리움의 에너지를 통해 충일하게 펼쳐진다. 그는 자신이 써가
는 '시'야말로 삶의 구체적 표현이요 내밀한 심정 토로의 양식
이라고 믿으면서도, 그 안에서 소용돌이치는 기억에 생성의
열정을 부가하는 모습을 또렷하게 각인해 간다. 어쩌면 그러
한 기억 자체가 인간 실존을 드러내는 과정이라는 점을 부각한
다. 궁극적으로 잃어버린 세계를 순간적으로 탈환하면서 새로
운 세계로 나아가려는 의지를 보여준 이번 단시조집은 그러한
의미에서 서정의 원적原籍으로서의 사유와 감각을 충실하고도
확장적으로 구축한 사례로 우리 시조시단에 남을 것이다.

입은

픽

작아도

속은 꽤 깊고 넓어

오지랖은 또 어떻고!

팔도를 휘감고도 남을

그 여자

갑년의 봄을

헤벌쭉이 맞고 있다
  -「장항아리」전문

사시사철 흔들려도
끝내 중심 잡아준 건

비대해진 가지도
깊은 뿌리도 아닌

오롯이
몸속에 새긴
예순두 줄 나이테
  -「나무」전문

  '장항아리'처럼 입은 작아도 속은 꽤 깊고 넓은 사람, 팔도
를 휘감고도 남을 오지랖으로 "갑년의 봄"을 맞은 여자, 사시사
철 흔들렸지만 "오롯이/ 몸속에 새긴/ 예순두 줄 나이테"로 끝
내 중심을 지켜온 나무, 이 모든 형상은 인간 존재의 보편적 성
숙을 은유한 것이자 '시인 윤현자'의 실존적 모습으로 다가오
지 않는가. 그 모습은 "오늘도/ 어김없이/ 비우는 연습 중"(「입
동 무렵 나무는」)인, "한 평 바다도 없는/ 내륙의 한가운데"(「멸
치장국」)에서 태어나 아직도 거기서 시조를 쓰고 있는 '시인 윤

현자'의 오롯한 입상立像이 아닐 것인가. 이처럼 윤현자 시인은 자신의 미학적 수원水源을 선명하게 구축하면서 성숙한 자아의 상像으로 귀환하는 도정을 보여준다. 오랫동안 견지해 온 기억에 항구성을 부여하면서, 짧고 선명한 단시조로써 그 과정을 기록해 간다. 삶이 이성에 의해 진화하는 것이 아니라 중용의 지혜를 통해 새로운 질서를 구축해 가는 과정임을 우리에게 알려준다. 우리가 상실한 삶의 표지標識들을 천천히 복원함으로써 시대의 불모성에 대한 항체를 아름답게 각인하고, 이러한 미학의 최종 심급을 단아하고 집중성 있는 단형 서정의 형식 아래 성취함으로써, 은은하게 번져가는 수일秀逸한 정형 미학을 한껏 보여준 것이다.

윤현자의 단시조는 가장 함축적이고 심미적인 단형 서정을 일관되게 구현함으로써 시조의 정예적 속성을 지켜온 첨예한 사례를 이루었다. 시인이 탐구하고 묘사한 대상들은 한결같이 근원적이고 성스러운 분위기에 감싸여 있고, 그 안에는 사물이 들려주는 성스러운 소리를 통해 원초적 통일성을 회복하고 완성하려는 시인의 열망이 줄곧 담겨있다. 그리고 시인이 귀 기울이는 것 역시 그 성스러움을 담은 침묵의 소리에 가까운 것이다. 이는 신성한 존재를 통해 자신의 목소리를 고요하게 들려주는 과정으로서, 우리는 정형 율격을 지키면서도 다양한 삶의 양상을 반영하는 일이 윤현자 시조가 이루어낸 득의의 성과

라고 해석할 수 있게 된다. 이러한 성과가 삶과 사물에 대한 직관적이고 고요한 세계를 담는 데 호환 불가능한 장처長處를 가진 단시조 안에서 이루어진 것을 의미 있게 생각한다. 정형이라는 원초적 제약에도 불구하고, 그의 단시조는 이처럼 원초적 통일성을 회복하려는 서정 양식의 본래적 지향을 풍부하게 구현하였다. 그것은 형식의 절제에서 오는 효과이자, 말을 가장 적정하게 배치하려는 자의식에서 우러나온 어떤 것일 터이다.

이제 우리는 그의 이러한 시조 미학에 대한 굴착 의지를 두고, 시인의 존재론과 시조의 양식론에 대한 실천적 응답이자 시조가 현대적 양식으로 거듭날 수 있는 가능성에 대한 실천이라고 말할 수 있을 것이다. 이러한 다양한 문양들이 윤현자의 단시조로 하여금 단형의 전율과 그 심연을 구현하게끔 해주었다고 말이다. 이는 우리 시조시단에서 매우 귀한 사례로 한동안 남을 것이다. 단시조집 출간을 축하드리면서, 윤현자 시인이 더욱 심원한 정형 미학의 세계로 나아가는 진경을 끊임없이 보여주기를 마음 깊이 희원해 본다.